그해 겨울은 그랬다…

김형근 시집

그해 겨울은 그랬다…

초판 1쇄 인쇄일 2017년 6월 8일
초판 1쇄 발행일 2017년 6월 16일

지은이 김형근
펴낸이 양옥매
디자인 남다희
교   정 조준경

펴낸곳 도서출판 책과나무
출판등록 제2012-000376
주소 서울특별시 마포구 방울내로 79 이노빌딩 302호
대표전화 02.372.1537   **팩스** 02.372.1538
이메일 booknamu2007@naver.com
홈페이지 www.booknamu.com
ISBN 979-11-5776-438-9(03810)

이 도서의 국립중앙도서관 출판시도서목록(CIP)은 서지정보유통지원 시스템
홈페이지(http://seoji.nl.go.kr)와 국가자료공동목록시스템
(http://www.nl.go.kr/kolisnet)에서 이용하실 수 있습니다.
(CIP제어번호 : CIP2017013548)

김형근 시집

그 해 겨울은 그랬다 …

책과나무

가끔씩 무엇을 해야할 지 모르는 상태로 빠져들때가 있다. 그럴때면 깊이가 얼마나 되는지도 모를 가슴 속에서부터 피어나 머릿속 어딘가에서 안개에 싸인 채 헤엄치는 단어들이 생긴다. 정확히 말하자면 그리움이라고 해야할 듯 하다. 아무 생각없이 잘 살았다고 여겼는데, 치고 나오는 단어들을 붙잡는 순간 나도 모르게 후회의 글이 써지곤 한다.

나에게 글이 써지는 일이란 참 괴로운 일이다. 이런 글이 써지는 날은 항상 눈물이 난다. 무엇을 얼마나 그리워 하길래, 무엇을 얼마나 후회하길래 이러는지⋯
그래서 작정하고 쓰기 시작했다. 바로 처절한 몸부림. 임재범씨가 '비상'이라는 노래속에서 외친 '세상에 나가고 싶어'라는 음성이 주는 그 오묘한 슬픔. 난 내게서 그런 슬픔까지 벗어던지려 글을 쓰기 시작했다. 글이 마무리 될 때 쯤, 분명 많이 편해졌는데 기분이 참 묘하다. 후련하기도 하고⋯

이런 나를 항상 세상속에서 벗어나지 않게 붙잡아준 가족과 친구 장호준씨에게 고마운 마음을 전한다.

5월의 마지막 날

김 형 근

■ 차례

시간이 필요하다는 말은
때론 기대감에 부풀어
가슴을 뛰게 하고
때론 천근의 무게보다
더 무겁게 더 아프게
가슴을 짓누른다

그해 여름은 그랬다

녹음이 우거지듯
사랑은 눈 앞에
푸르름으로 가득 찼고
함께 걷는 곳곳이
하루의 일기장으로 채워졌다

그해 겨울은 그랬다

둘러 맨 목도리에도
목이 시려오고
두툼한 장갑은
굳게 굳게 굳어지고
한숨과 함께 내뱉은 말들은
허공에서 얼어버렸다

그래,
그해 겨울은 그렇게 추웠다

一

그 해 겨 울 은   그 랬 다 …

사랑이란…

사랑이란,
아침에 꽃이 피고
밤에 눈이 내리는 것

파도

파도,

그것은 도달할 수 없는 이상향에 대한

끝없는 도전

Like & Love

사람이 사람을 좋아하는데는 이유가 있지만
사람이 사람을 사랑하는데는 이유가 없다

메리 크리스마스

12월 24일 밤 10시

주섬주섬 옷을 걸치고
끊임없이 따라오는
상념들과 함께
산책을 나선다

한 가닥 붙잡은 추억은
아쉽게도 뿌리치며 도망가고는
잡힐 듯 말 듯
쫓아만 오는데

저 만치 앞서 천천히 걸어오는
중절모에 지팡이 짚은
할아버지

폭 뽀득 폭 뽀득

눈길 위 지팡이 소리와
발자국 소리만이
내 앞에 있다

부질없는 한숨 한가닥
등에 업고 걷는데
앞에 멈춰 선 할아버지
중절모를 살짝
들어올리며 인사한다

메리 크리스마스

메리 크리스마스 할아버지

아, 크리스마스구나
순간 사라진 상념들

메리 크리스마스

그해 겨울은 그랬다

시간이 필요하다는 말은
때론 기대감에 부풀어
가슴을 뛰게 하고
때론 천근의 무게보다
더 무겁게 더 아프게
가슴을 짓누른다

그해 여름은 그랬다

녹음이 우거지듯
사랑은 눈 앞에
푸르름으로 가득 찼고
함께 걷는 곳곳이
하루의 일기장으로 채워졌다

그해 겨울은 그랬다

둘러 맨 목도리에도
목이 시려오고
두툼한 장갑은
굳게 굳게 굳어지고
한숨과 함께 내뱉은 말들은
허공에서 얼어버렸다

그래,
그해 겨울은 그렇게 추웠다

연가戀歌 1

이 가슴 고동치듯
비가 내린다

침묵하던 그리움이
고개를 들어

연꽃 한잔으로
달래도 보고

비 맞으면 지워질까
걸어도 보지만

한 방을
두 방울
젖어만 가는
그리움

연가 戀歌 2

참 이상하다

난
오라고 한 적이
없는데

솔방울 툭
떨어지듯 갑자기 나타나
민들레 홀씨처럼
날아서 왔다

댓바람 맑은 소리로
속삭이다 속삭이다
가슴 속 뜨거운
화인 火印 하나 남기고

가라고 한적도
없는데
쓸려간 아침 안개처럼
떠나가 버렸다

연가戀歌 3

영원한 사랑을
약속했더니

어제도 이별을 했고
오늘도 이별을 하고
내일도 이별을 해야 한다

그해 겨울은 그랬다…

연가戀歌 4

너른 잎 하이얀 자태

숨가삐 피어나
어느 새 한나절 호흡에
기력이 다해
가려하느냐

꽃말을 몰랐을 때
바라만 봐도 눈물나더니
모든 걸 알아버린 이제는
오는 길 마다 피어나고
가는 길 마다 지는구나

이리 가려믄서
어찌하여 백목련 너는
철없이 매년
가슴속에 자리하고
그 옛날 그리움을 후벼파느냐

연가戀歌 5

오렌지 주스!
100% 오렌지 주스!를 사달라곤
시원한 한 모금에
피어난 웃음

부쩍 가을을 타는 날 위해
기꺼이 침묵하며
함께 걸어주고

바람이 차가워질 때 쯤
추워진다며 손을 잡고
겨울을 준비했던 그 날들

그해 겨울은 그랬다…

병상에 누워
깜박이는 숫자를 바라보다
지워진 줄 알았던
모든 날들이
아직도 나와 함께 살고 있음을
알게 되었다

연가戀歌 6

붙잡는 것도 나의 몫
보내는 것도 나의 몫

두 손 꼭 쥐고 서서
난 왜 무거워하고 있는가

百尺竿頭進一步[1]하라 외치고선
난
인연의 장대끝에서
나아가질 못하는 구나

---

1) 百尺竿頭進一步: 장사경잠長沙景岑의 선시禪詩 중에서 인용

연가戀歌 7

시간이 갈수록
멀어지는 듯한 당신은
오늘을 암시한 것이었던가

'마왕'을 읽으며
떠나는 이의 슬픔을 느낄 수 있다는
나에게
남겨진 이의 슬픔을
가르쳐주는 것이었나

연가 戀歌 8

헤어짐이란 말이지
정지버튼을 누르듯이
한번에 멈출 수 있는 것이 아니야

헤어짐이란 말이지
눈 감으면 사라지는
불빛이 아니야

헤어짐이란 말이지
지우개로 지워지는
글씨가 아니야

헤어짐이란 말이지
멍하니 이리저리
길을 걷는 것이 아니야

그해 겨울은 그랬다…

정지버튼을 눌러도 재생되어지고
눈 감으면 더욱 또렷해지고
지우개로 지워도 흔적이 남고
멍하니 걷다보면 너의 집 앞인게
헤어짐이라는 거야

연가戀歌 9

날이 녹았네
이젠 달려와 웃어 줄까나
돌아서 사라질까나

찬란한 눈꽃으로 머물다
눈부신 방울로 가는구나

살아 있음에
사랑했고

살아 있음에
이별했고

살아 있음에
그리워하고

살아 있음에
체념하고

그해 겨울은 그랬다…

연가戀歌 10

봄이 뭐길래
생명이 뭐길래
언 땅 녹기를 기다려
가슴 찢어내며 움터올라
여린 모습으로 유혹하며
자라나려 하느냐

기억이 뭐길래
추억이 뭐길래
물도 뿌리지 않았는데
메말라 버린 가슴을 찢어내며
새싹 돋아올라
생명가득한 모습으로
자라나려 하느냐

너로 인해

이 찢어진 가슴에서

응어리진 핏덩어리 쏟아내며

아파하고 있구나

연가戀歌 11

하루가 정신없다

5시에 일어나 씻고
주섬주섬 옷을 입고
우유 한잔에 사과 하나
차를 몰고 출근하고
도착해 녹차 한잔 마시며
어제 미처 마무리 짓지 못한 것들과
오늘 해야 할 일들을
순서대로 정리하고
정해진 일과가 시작되고
때가 되어 점심을 먹고
다시 정해진 일과를 하고
일과 시간이 끝나면 하루를 정리하고
내일을 준비하고
느즈막이 일이 마무리되어
무거운 차를 끌고 집에 오고
쌀을 씻어 밥을 하고

반찬 몇 개 만들어 저녁을 먹고
흔들의자에 앉아 등 좀 기대면
꼭꼭 눌려있던
무의식 저편에서
스믈스믈 피어나는 기억들
외면하고 싶어 또 다른 작업을 하고
그렇게 시간은 자정을 넘고
지칠대로 지친 몸으로 잠을 청한다

외면했었다
떠난줄 알았다
그런데
잠들기 전에 찾아오더라

그래서 난
찾아올까 두려워
그렇게도 내 몸을 혹사시켜
잠이 들었다

연가戀歌 12

벼가예[1] 굽스러셔[2]
한참을 울며 밤새이다
밤빈[3] 창문이 싫어 돌아누웠더니

밧비[4] 달아난 쪽잠은
돌아오지 않고
어듸서 머물던 추억만이 되돌아 오는고…

1) 벼가예: 베개에
2) 굽스러셔: 엎드려서
3) 밤빈: 눈부신
4) 밧비: 바삐

연가戀歌 13

당신의 웃는 모습은
나에게 행복이였지

누군가에게
미소지어 준다는
의미도 모른 채
살아가던 내게

조심스레 다가와
수줍게 미소지어도
난 그냥 돌아서
가버렸었어

이런 내가 당신에겐
아픔이였을 테지만
난

그 아픔도 헤아리지 못하고
그냥 내 길만
걸었던 거야

그렇게 한참을
걸어왔더니
지쳐버린 당신은
뒤돌아서 걸어갔고

남겨진 건
웃는 모습의
사진 한장 뿐

그 모습이 나를
너무나도 아프게 해

당신의 우는 모습은
나에게 절망이였지

아무 감정도 없이
앞만보며 걷던 내가
어느날은 문득
뒤를 돌아 본거야

그날 당신의 뒷모습이
가슴속에 박혀버려
난 생전 처음으로
아픔을 느꼈어

돌아선 당신을
잡지도 못한 채
그렇게 한참을
멍하니 서있다

그해 겨울은 그랬다…

네가 떠난 것을
알아버렸을 땐

남겨진 건
웃는 모습의
사진 한장 뿐

그 모습이 나를
너무나도 아프게 해

흩어지다

약속 장소에 일찍 도착했다

창가에 자리하고
흩어지는
차 한잔의 향기를 벗삼아
멍하니 생각에 잠겼다

잠시 후 도착한 친구가 묻는다
무슨 생각을 그리 골똘히 하냐고

이것저것들요
어떤 것들을?
글쎄요, 모르겠는데요
이것저것 생각했다면서 왜몰라?

전 붙잡지 않거든요

하루

밤 사이 찾아 온
이 죽일놈의
냉기

한숨 한 가닥조차
얼어버릴 때 쯤
그만 진정하라고 달래듯
쏟아진 눈부심

꾸역꾸역 집어넣은
인연의 그리움을 펼쳐
보려해도 보려해도
너 때문에 눈이 부셔
볼 수가 없구나

한참을 실랑이하다
체념하고 돌아서니
붉은 황혼은
부엌 창가에 머물다
반찬 두어개를 만들어 놓고
가버렸다

또 하루다.

그 봄날에

그 봄날의
토요일 아침

늦어서 미안하다며
총총이는 걸음으로
4월을 밀어내던
당신

전 아무말 없이
고개를 숙이고
산을 올랐지요

긴 질문에 이어진
짧은 대답
그렇게 한참을 이어가다
당신은 제게 물었지요
산이 좋으냐고
바다가 좋으냐고

저는 산이 좋습니다

당신은 또 다시
물었습니다
왜 산이 좋으냐고

앞서 천천히
걸으며 대답했지요

산은
저에게 오르는 법과
내려가는 법을 가르쳐 줍니다

그러자
무슨 뜻이냐고 다시 물었지요

그해 겨울은 그랬다…

잠시
뒤돌아 당신을 바라보고,
이 산행이 끝날때 쯤
아시게 될 겁니다

그리곤 다시
고개를 숙인 채
천천히 천천히
산을 올랐지요

문

문이 열렸다

눈물 가득한 새벽 안개는
가슴을 파고들며 숨을 멎게 하고
한가닥 햇살은
마구마구 찔러대며
굳어버린 심장을 깨웠다

문을 열었다

열때마다 뛰는 가슴
내 뜨거운 가슴으로 데워 낸
차가운 바람은
누군가에게 온기를 전하며
사랑이라는 그림을 남기고
시간의 옷을 입어
그리움으로 변해갈 때 쯤

나도 모르는 사이에
문이 닫혔다

동백꽃이 피리라

故傳感時花濺淚[1]

雪風木石一時白

一步二倒而三立

風霜深處開冬柏

옛말에 쓸쓸한 시기에 꽃이 눈물같이 쏟아진다 하였으니

눈과 바람과 나무와 돌이 일순간 하얘졌구나

한걸음 걷고 두번 넘어져도 세번 일어서면

풍상이 깊은 곳에서 동백꽃이 피리라

1) 感時花濺淚: 두보의 시 춘망春望, 봄의 소망 중에서 인용

은혜 없는 길

恩因恨立恨因恩生
無恩無無恩正見也
心明若虛空得眞心
若願融顯合必放也

은혜는 원한으로 말미암아 세워지고 원한은 은혜로 말미
암아 태어나니
은혜가 없고 은혜가 없는 것도 없어야 바로 보는 것이다
마음 밝기가 허공과 같아야 진정한 마음을 얻나니
만일 섞이길 원하고 합해지길 원한다면 반드시 놓아주어라

가을이 가고 봄이 오고

秋去春來知幾年[1]
去來寂寂失時也
雖有春秋無戀情
何處開梅留心乎

가을이 가고 봄이 오고 몇 해가 지났던가
가고옴이 고요하니 시간을 잃었도다
비록 봄가을이 있으나 그리워하며 사랑하는 마음이 없으니
어느 곳에 매화가 피어 마음이 머무르겠는가

---

1) 秋去春來知幾年: 나옹혜근懶翁惠勤의 고담古潭 중에서 인용

차 한잔의 여유

虛懷而悠獨默坐[1]
萬事別無常深也
反芻古今無一錢
一椀溫茶滿心也

마음을 비우고 고요히 홀로 침묵하고 앉으니
만사가 떠나가고 무상함이 깊어진다
예와 지금을 돌이켜도 아무 가진게 없는데
따스한 차 한잔이 마음을 가득 채운다

1) 默坐虛懷: 부휴선수浮休善修의 贈岩仙伯 중에서 인용

삶

산 길을 오르다
무심히
툭~
걷어찬 박힌 돌

계곡으로 굴러가더니
탁~
나무에 부딪힌다

오늘 난
또 하나의
원한을 쌓았구나

내 삶 어느 곳에
누군가에게
사랑을 줄 수 있을까

떨어지는 낙엽은
오늘도 작별을 고한다

봄날이 올까

아직
겨울을 떨쳐내지 못하는
3월의 향기

흙바닥
발자국 자국마다
냉기가 남아
시려오고 있어

찾아올 듯한
사랑의 향기조차
움츠러들게 만든다

이제
꽃이피면
얼어버린 가슴에도
봄날이 올런지

열쇠와 자물쇠

잠긴 문이 열리지 않는 건
자물쇠가 고장이거나
열쇠를 잃어버려서이다

언제부턴가
열쇠는 있는데
현관문 자물쇠가 먹통이다

친구가 말한다
문 좀 열어줘
그래야 드나들지

역시 자물쇠 때문에
문이 안열리는 건가 보다

고장수리

세월을 만나
다듬어진 모난돌
하나 둘
고장나기 시작한다

어제는 어깨가…
오늘은 다리가…

먼지도 털어주고
기름칠도 하고
하루하루 수리하면서
근근이 움직이곤 있는데

어찌하여 고장난
사랑은
수리가 안될까

내 몸에 맞는
처방이 있기는 할까

숨쉬는 가로등

한밤중
산책을 하다보면
골목길 전봇대 가로등이
숨을 쉴 때가 있다

길게 숨을 뱉으며
길을 밝히다가
조금씩 깜박이다
갑자기 툭!
숨이 멎으며 꺼져버린다

가로등이 숨을 멈추며 꺼져버리듯
깜박이는 사랑이 꺼지고나면
병든 가슴은
숨을 멈추곤
다시 뛰기가 어렵다

이해하지 못한 이야기

난 이해하지 못했다
가겠다는 말
가지 않겠다는 말
잠시 걷자는 말
잠시 쉬어가자는 말
날이 덥다는 말
날이 춥다는 말
힘들지 않다는 말
힘이 든다는 말
기다릴 수 있다는 말
기다리기 어렵다는 말
오늘이라는 말
내일이라는 말
밥 먹자는 말
차 마시자는 말
별이 참 밝다는 말
밤이 어둡다는 말

그게 아니라는 말
그게 맞다는 말

난, 장명등에 불을 밝히고서야
모든게 이해가 갔다

꽃은 핀다

가끔씩 부는
이 바람은
왜 항상 날 비켜가지 않는지

2월이 가고
3월이 와도
여전히 차갑기만 한데

가슴속 한기를 가둬 둔
바람이 불어도
3월의 꽃은 피는구나

천천히 걷고 싶다

천천히 걷고 싶다
새벽 동녘하늘
머리만 살짝 내밀다
숨도 쉬지 않고 나오는 태양보다
천천히

그 옛날 대청마루에 누워
올려다본 뭉게구름
거북이 걸음처럼 흘러가는 것보다
천천히

이슬내린 이른 아침
옆집으로 마실가는
꼬마 달팽이 걸음보다
천천히

늘어지는 여름 한 낮
한껏 내 뻗는 팔다리
기지개보다
천천히

기다림

십 년의 종소리가
한 순간의 뇌음雷音과 같은 걸

하루 종일 먼지 속을 헤메면서도
티끌하나 손에 쥐지 않고

십 년을 풍랑속에 있었어도
돛대는 여전하구나

아무 가진거 없이
가벼워진 몸이지만
저만치 순풍이 불어오면
돛을 펴고 배를 띄우리라

아름다움

아름다움이란,

각인된 그리움에 대한 시각적 만족

원인과 결과

하루가 지나면
하루 더 죽음에 가까워지는 걸 알면서도
난 여전히
누군가를 기다리나 보다

삶에 대한 미련인가
아니면
집착인 건가

끝없이 버리고 버려도
새로운 인연의 실타래는
얽혀만 가고
자꾸만 내 삶의 이야기 속으로
들어오려 하고 있다

애초에 가슴에
담아두지 않았다면
버리지 않아도 되었을 것을…

기억

지워진 후 기억하려해도
무엇이 사라진지도 모른다는게
더 슬프다

이렇게 살아가다 보면
이렇게 사라져만 가는 것들

훗날
무엇이 남아 있게 될 지
지금 알 수 있다면
더 아름다울 수 있을까

깨달음

가득 모으는데 바빴던 시절엔
자꾸 새로운 것들이 보였고

하나 둘 버리던 시절엔
자꾸 아쉬움이 남았었지

요즘들어 버리지 않아도
자꾸 채워지는 것을 보며
비운다는게 버리는 것이 아니란 걸
이 어리석은 놈이 깨달았다

고갈枯渇

아무 말없이
살아 간다는 게
호기심의 대상이 될 줄이야

말이 없을 뿐
생각이 없는 게 아닌 것을
사람들은 잘 모른다

계곡 옆 평상 바위에 누워서
온갖 이야기거리로
머릿속을 채우다
달려드는 꿀벌 한마리에 움찔하면
모든 이야기가 싹 다 사라지는 것을…

생각은 했으나
말할 거리가 없는 것이 아니고 무엇이랴

종착역

내가 사는 동네는
버스 종점 근처

혹자에겐 출발역
혹자에겐 종착역

절반을 훌쩍 넘긴 책장
마지막까지 읽고 나면
나는 종착역에 도착할거다

그해 겨울은 그랬다…

범부凡夫의 삶

꽃이 피어남이
왜 이리도 슬플까

요즘들어 한 없이
나락으로 빠져든다

차라리 가슴 찢어지는
아픔이라면 좋으련만

붉은 황혼은
라일락을 흩뿌리며
마침표를 준비하라 한다

범부의 삶속에는
이렇게 끝이 있구나

새벽 세 시

새벽 세 시
왜 잠에서 깨어나
멍하니 있는지…

꿈을 꾼건가 곱씹어도
아무런 흔적이 없고
몸이 아픈지 생각해봐도
멀쩡한데

뭣땜에 눈을 뜨고
처절한 개구리 울음소리에
눈물짓고 있는가

귀가 슬퍼지니
눈이 아프구나

무욕 無欲

바람이 상쾌하면 무엇하랴
마음이 굳어가는 걸

물이 맑으면 무엇하랴
생각이 탁해지는 걸

새소리 아름다우면 무엇하랴
들리지 않는 걸

학문을 익히면 무엇하랴
장님이 되어가는 걸

감정이입

흔들리는 의자에
두 다리 쭉 뻗어 걸쳐 앉아
Bach의 첼로곡을 들으며
두 시간을 울었다

눈 앞에 펼쳐지는
Bach의 인생이
왜 이리도 슬퍼지는지

첼로곡을 접한지
20년이 지났어도
답은 찾지 못하고

아무 의욕도 없이
하루가 또 갔다
누가 나좀…

시간의 두려움

살면서 계획한 일들이
하나 둘 완성되다 보니
문득문득 두려워진다

모든 게 마무리 된 순간에
난
어떤 길 위에 서서
인생의 책장을 덮을 것인가

한없이 허망해지는
막다른 순간마다
나를 잡아주던 이들로
다시 세상속으로 걸어갔지만

세월이 갈 수록
작은 바람에도
의미가 담긴다는게
이리도 두려울 줄이야

사계 四季

겨울날
눈 속에서
하나임을 이야기하고

봄이 되어
꽃길에서
둘이 됨을 알았네

여름날
빗속에서
눈물 되어 내리다

가을날
낙엽따라
추억되며 가버렸네

群鳥亂舞

새들은 어지럽게 춤추고
바람은 어지럽게 노래 부른다

늦 봄에 열매가 떨어져
길가에서 구르는데

말해보라 이것이 무슨 도리인가

왕이 구걸을 하고
걸인이 즐겁게 춤추는구나

묵힌 기억

집에 달력도 없이 살던 시절
날이 가는 건 몰라도
계절 바뀐건 안다

어제 핀 꽃이
푸르름으로 바뀌면
계절이 변한거고
어제 진 단풍이
오늘 다시 지면
그렇게 한 해가 바뀌며
한 살을 먹은거다

세월 가는 것쯤이야
금새 눈치채면서도

묵은 옷을 빨아도
여전히 세월이 묵어 있음을
눈치채지 못하고
벗겨지지 않는 추억에
한참을 바라다 본다

세상속으로

나에게 필요한 건
청산에 묻혀 사는 일

세상과 떨어져 살고자
산길을 걸어봐도

앞선 절벽이 있을 뿐
뒤따른 절벽은 없구나

온 길 끊어내
돌아갈 길 없는 곳이라면
그대로 눌러 살아보련만

앞길은 막혀도
돌아갈 길은 열려있구나

그해 겨울은 그랬다···

개똥 철학

가끔은 나에게
철학적 질문을 던지는 이가 있다

서푼짜리 개똥 철학도
쓸모가 있나…

우스갯소리를 나누다
잠깐의 침묵 뒤에
불쑥 찾아온 질문

왜 왼쪽에서 오지요?

오른쪽으로 갔으니까요

혼란

세상이 내 맘 같다면
희극인가 비극인가

별 일이 없으면 죽은 것이라 하고
별 일이 있으면 살은 것이라 하는데

별 일이 없기를 바라는 나는 지금
살아 있는가 죽어 있는가

별 일이 있으면서 별 일 없이 산다면
살아있으되 죽은거구나

길을 잃다

저 하늘 끝에 있는
산봉우리 하나

어떻게 가야하는지
길을 몰라서

한참을 바라만 보다
돌아섰더니

저 하늘 끝에 있는
푸른 수평선

어떻게 가야하는지
역시 모른다

해방

눈 앞에 펼쳐진
수많은 일들이

눈 감아도 끊임없이
쫓아오길래

실컷 놀다가라
내버려뒀더니

제 풀에 지쳐서
떠나가더라

동쪽 & 서쪽

내게는 해가 뜨는 쪽
너에겐 해가 지는 쪽

그렇게 떨어져 살면서
그리워만 하며
아쉬워 하던 날들

해 진 밤에 일어나
아침 햇살을 물어보고
해 지는 석양을 바라보며
일어나라 얘기하던

이때부터 우린
어긋났는가 보다

야속함

함께 가면 좋으련만
어린 물고기 힘껏 꼬리치며 날으는데
야속한 구름은
돌아보지도 않고 가는구나

그렇게 바삐 간 곳이
산마루였더냐

거서 쉬다 흩어질 것이라면
천천히나 가지

해 진 맑은 강물엔
달빛마저 차가워
애처로운 어린 물고기 생각에
잠들수가 없구나

나이 듦

세상 속에 살면서
세상 속을 묻던 시절이 지나고

한 가운데에 서서
가운데를 묻던 시절이 지나니

음악을 들으면
침묵이 보인다

생각의 차이

햇살 따가운 시절에 떠났다가
눈보라 지는 계절에 돌아오니
모든게 그대로이고
모든게 떠나갔다

나에겐
떠남과 만남이 둘이 아닌 것이
너에겐
떠남과 만남이 둘이 되었구나

둘이 아니라는 나와
하나가 아니라는 너

나에게
안녕이란 의미
너에게
안녕이란 의미

눈 앞에 없으면
그리움이 커진다는 나와
눈 앞에 없으면
마음에서 멀어진다는 너

동쪽 하늘을 바라보는 나와
서쪽 하늘을 바라보는 너

만들어갈 날들을
말하는 나와
지나간 추억이라
말하는 너

이젠
너의 안녕을 받아들이려
나의 안녕을 지우려 한다

유산遺産

어머니
그 옛날 미루나루 높았던 길은
이미 사라지고 없어요

저수지 끝자락
키낮은 원두막도
이미 사라지고 없어요

천길 깊은 우물 옆
앵두나무 담벼락도
이미 사라지고 없어요

뻑뻑한 유리문
아이스크림 가게도
이미 사라지고 없어요

구렁이 기어가던
딸기밭 덩굴도

이미 사라지고 없어요

백열전구 흔들리던
가마솥 아궁이도
이미 사라지고 없어요

외양간 옆
늙은 호박 덩굴도
이미 사라지고 없어요

반듯한 다듬이와
배흘림 방망이도
이미 사라지고 없어요

하지만 어머니
걱정하지 마세요
모든 걸 이미
제가 가지고 있어요

선구자는 외롭다…

선구자 가는 길을
구름이 따라가는 가
구름이 가는 길을
선구자가 앞서가는 가

무엇이 되었든 간에
선구자는 외롭다…